별똥별이 내게 온다면

FIT BOOK

세상 모든 사람이 주인공이기를...

세상 모든 사람이 행복해지기를...

조은별 드립니다.

RICOH
RICOH

두번째. 너는 내 운명

세번째. 선구마을 이야기

별똥별이 내게 온다면

작가의 말

어릴 때는 어른이 되어 그림을 그리거나 글을 쓰는 일을 하게 될 줄 몰랐습니다. 제법 그림을 잘 그린다고 칭찬을 받기 시작했던 고등학교 때부터 그림에 관심을 갖게 됐는데, 그 때 처음으로 그림이 가진 힘을 알게 되었습니다. 어른이든 아이든 누구나 한 눈에 이해할 수 있는 것이 그림이었고, 보는 이의 경험에 따라 마음을 두드리는 소리가 달라지는 것을 알았습니다.

그런데 한 장의 그림만으로는 무언가 부족하다는 생각을 하게 되었고, 부족한 부분을 채울 수 있는 이야기를 함께 써야겠다는 생각이 들었습니다. 한 사람의 이야기를 담을 수 있는 그림이라면 무슨 이야기든 할 수 있겠다는 생각이 들면서 이야기그림을 그리게 되었습니다. 이야기를 듣고 그림을 구상하고, 한 장 한 장 그림을 그리면서 사람들을 이해할 수 있게 되었습니다. 한 사람 두 사람의 이야기를 모아서 그림을 그리면서 '내가 해야 할 일은 이런 것이구나' 하고 깨닫게 되었습니다.

○ 세상 모든 사람이 주인공이면 좋겠습니다.

이야기그림을 그리면서 만난 분들은 '보잘것없는 사람'의 이야기가 무엇이 그렇게 궁금하냐고 되묻곤 하셨습니다. 하지만 세상에 '보잘것없는 사람'이 어디 있을까요. 누구나 자기 인생에 있어서는 주인공이 된다는 것을 알려드리고 싶었습니다. 세상 사람들에게 근사한 주인공이 되지 못한다 해도 자기 인생을 묵묵하게 살아온 어른들은 누구보다 훌륭한 주인공이라는 사실을 세상에 알리고 싶었습니다. 이야기그림의 주인공들이 한 명 두 명 늘어가면서 주인공이 되는 분들이 많아졌습니다. 이 책을 읽고 더 많은 분들이 주인공이 되기를 바래봅니다.

○ 그림을 보면 모두 행복해지면 좋겠습니다

제가 그린 그림을 보면 마음이 따뜻해지고 잠깐이라도 즐거운 마음이 들면 좋겠습니다. 어떤 이야기는 기쁘기도 하고 어떤 이야기는 슬프기도 할 것입니다. 하지만 그 모든 이야기들을 읽고 난 뒤에도 따뜻한 온기가 오래오래 남기를 희망합니다. 그림을 그리면서 나이도 성별도 다른 누군가의 이야기가 곧 나의 이야기처럼 생각되는 순간이 많았습니다. 저의 경험이 책을 읽는 분들에게도 전해졌으면 합니다. 이 이야기를 시작할 수 있도록 격려해준 '나의 가족들'과 운명처럼 만난 출판 관계자분들 그리고 이야기의 주인공이 되어주신 모든 분들께 감사하다는 인사를 전하고 싶습니다.

첫번째

아빠와 함께 춤을

엄마의 애플파이

어디선가 사과 굽는 냄새가 나면 엄마가 생각납니다.
편식이 심한 엄마가 세상에서 제일 좋아하는 애플파이.

"엄마는 애플파이가 세상에서 제일 맛있어."
어릴 때부터 귀에 딱지가 앉도록 들었더니 마치 파블로프의 개처럼
애플파이 냄새만 맡아도 엄마가 떠오릅니다.
그런데 저만 그런 것이 아니었나봐요.

누군가는 종이컵만 봐도 아버지가 생각난다고 하고,
누군가는 노래방 간판만 봐도 아빠 생각이 난다고 했어요.

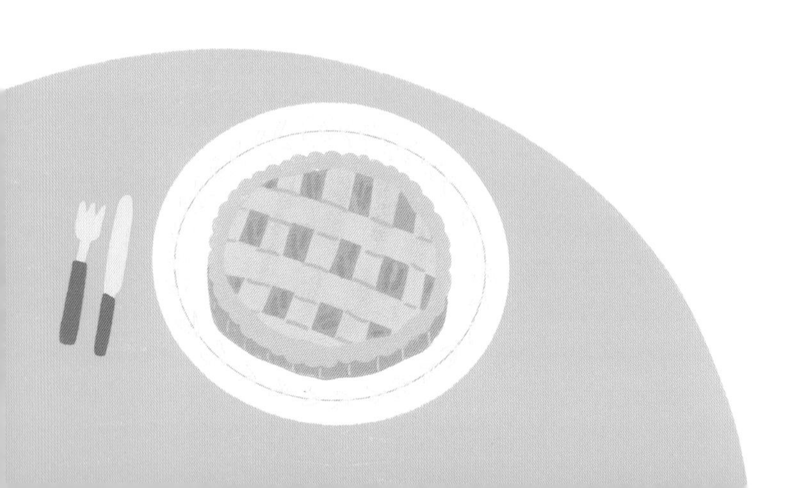

우리 엄마의 애플파이처럼, 누군가를 생각하면 그리워지고,
행복해지는 이야기를 하고 싶어 그림을 그리기 시작했습니다.

고백하자면 저는 물건을 버리지 못하는 사람이에요.
제 핸드백 속에는 친구와 함께 갔던 스타벅스 영수증도 있고,
가방 한 구석에는 여행 중에 들렀던 카페의 컵 홀더도 있습니다.
엄마는 가끔 쓰레기를 치우라며 잔소리를 하곤 해요.
그런데 버릴 수가 없었어요.

스타벅스 영수증에는 실연을 당한 친구의 이야기를 들으며
함께 아파했던 이야기가 있고,
카페의 컵 홀더에는 제주의 예쁜 바다가 그대로 있거든요.

내 눈에는 보물인데 엄마의 눈에는 쓰레기.
둘 사이에는 남극과 북극처럼 먼 간극이 존재하는 듯합니다.
그런데 주변을 돌아보니 저와 같은 사람들이 정말 많았어요.

사연이 많아서 버리지 못하는 물건들.
그런 물건이 많다보니 점점 물건 속에 짓눌려 살게 되는 것 같았어요.

어느 날 우연히 본 드라마에 물건을 버리지 못하는
저와 꼭 닮은 여주인공의 이야기가 나오더군요.
여주인공의 쌓인 물건을 정리해주는 남자 주인공을 보며
물건을 정리하고 추억을 간직해야겠다고 생각했습니다.

저의 물건을 정리하며,
주변 사람들의 물건을 추억으로 바꿔주는 이야기를
그림으로 그리기 시작했어요.

추억을 그림으로 그려서 전시하는 인스타그램을 시작했더니
함께 참여하겠다며 소중한 물건 속에 담긴 사연을
전해준 분들이 많았습니다.

아버지의 수첩이 세상 어느 것 보다
위대한 유산이라고 하는 작가 선생님,
평생 아버지의 밥을 먹었다는 사진작가,
붕어빵을 보며 할아버지를 기억하는 20대 친구….

그들의 소중한 이야기가 여기 있습니다.

RICOH
RICOH

아빠의 카메라

세상 누구보다도 건강했던 아빠는
늘 감기 정도야 거뜬하게 이긴다고 하셨죠.

“이깟 감기쯤이야 가뿐하지.”

그런데, 그해 여름.
아빠는 감기를 심하게 앓으셨어요.
잔기침을 오래도록 하시더니
응급실 신세를 지는 날이 많아졌습니다.
그러더니 그해 늦은 가을
아빠는 하늘나라로 가셨어요.

황망한 마음을 추스르고 아빠의 유품을 정리하는데
카메라 한 대가 눈에 들어왔습니다.
손때가 묻어 반질반질해진 낡은 카메라
그 안에는 아빠에 대한 기억이 담겨 있었습니다.

술 마시는 아빠가 좋았다

아빠와의 추억 하나.

반주를 즐기던 아빠는 어린 딸을 앉혀놓고 친구삼아
술잔을 기울이곤 하셨습니다.
병뚜껑에 병아리 오줌만큼의 술을 따라주며
일곱살의 어린 딸과 함께 건배하기를 좋아하셨죠.

유난히 술을 좋아하셨던 아빠는 누가 맥주를 사겠다고 하면
매우 행복해 하셨죠.

“난 OB맥주가 좋아.”

어린 시절의 저는 술을 마시는 아빠가 왜 그렇게 좋았는지요.
아빠가 술 드시는 날은 뜻하지 않게 용돈이 생기는 날이었죠.

다음 날 아침 아빠는 어제의 기억을 까맣게 잊은 채
텅 빈 지갑을 보면서 돈이 어디로 갔는지 한탄하곤 하셨죠.
몰래 숨어서 그런 아빠를 보는 것이 너무나 좋았어요.

천원
천원

아빠랑 춤출까
우리딸~? ♡

아빠와의 추억 둘

“아빠랑 춤 한번 추자.”

아빠는 술에 취해 들어오셔서 잠자는 저를 흔들어 깨우곤 하셨어요.
그런 다음 저를 발등에 올려놓고 한바탕 춤을 추셨어요.

술에 취한 아빠와 추었던 발등 위의 댄스는
중학교 1, 2학년 무렵까지 이어졌습니다.
왜 그만두었는지 잘 기억이 나지 않아요.
몸무게가 제법 많이 나가게 되자 아빠의 발등에 무리가 따랐는지
아니면 한창 사춘기가 된 제가 춤요청을 거절했는지
그건 잘 기억나지 않아요.

아빠와의 추억 셋.

"일어나서 사진 찍자."

아빠는 카메라를 좋아하셨어요.
고등학생 때 카메라를 처음 사셨다고 해요.

1950년대에 고등학교를 다니셨으니
그 시대에 자기 카메라를 가지고 있는 건 흔한 일은 아니었을 거예요.
카메라를 유난히 사랑했던 아빠는 술만 드시면
사진을 찍자고 하셨지요.
아빠가 카메라를 꺼낼 때의 그 표정이 아직도 기억납니다.

카메라를 사랑스럽게 바라보시던 그 표정이….

누구보다 환한 미소로 삼남매와 함께 사진을 찍었던 아빠.

하늘나라로 가신 아빠의 자리에
아빠의 카메라와 빛바랜 흑백사진이 남았습니다.

해마다 늦은 가을이 되면 술기운에 붉어진 얼굴로
카메라를 꺼내시던 아빠의 얼굴이 자꾸만 생각날 것 같습니다.

아빠의 녹음기

아빠는 세상 그 누구보다 흥이 많은 흥부자였어요.
어디서나 흥얼거리며 노래를 부르셨어요.
트로트만 나오면 흥얼거리는 소리가 더 커지기도 했어요.

좋아하는 노래와 함께라면 길거리 한복판도
아빠에겐 무대가 되었습니다.
어릴 때는 그런 아빠가 좋았고,
사춘기 무렵에는 조금 창피하기도 했었어요.

흥이 넘쳤던 우리 아빠

나도
시켜주겠지?
나! 나!
가족 — 노래자랑!!

흥부자인 아빠에게는 아주 특별한 소품이 하나 있었어요.

마이크와 녹음기.
1970년대만 해도 마이크와 녹음기를 가지고 있는 사람은
주변에 우리 아빠 밖에 없었어요.

아빠의 녹음기가 가장 빛나던 순간은 온 가족이
한자리에 모이는 날입니다.
녹음기와 마이크만 꺼내면 온 가족 장기자랑 대회가 벌어지곤 했습니다.
설날, 큰댁에 갔을 때 그날도 아빠는 녹음기를 꺼내셨어요.

지금도 기억나는 건,
엄마의 애창곡 <봄날은 간다>.
(사실 엄마는 노래를 잘하시지는 못했지만 감정표현만은 최고였어요.)

다섯 살 막냇동생은 학교 종이 땡땡땡을 불러서
박수를 많이 받았어요.
큰아버지, 큰엄마, 사촌 오빠들까지 모두
노래를 부르고 박수를 받았어요.

사회자는 아빠였는데, 아빠가 제 이름만 부르지 않는 거예요.

연분홍
치마가
꽃바라암에~
학!교!
종!이!
땡!
땡!땡!
조오타!

아빠
미워!!!

'다음은 내 순서구나…. 무슨 노래를 부를까.'

이런 생각을 하며 마이크가 넘어올 순서만을 기다리며
노래를 하고 박수를 받을 생각을 하며 기대에 부풀었는데,
아빠는 제 이름을 부를 생각도 안하시는 눈치였어요.

아빠가 나를 미워하는 걸까.
내가 노래를 못할까봐 그러는 걸까.
생각이 꼬리를 물었어요.

온갖 생각 끝에 심통이 나기 시작했습니다.
결국 부루퉁하게 입을 내밀고 있었죠.

우리 딸
잘하는
산토끼 할까?
됐어!!!
안할거야!!

입을 한껏 내밀고 심통이 났다고 광고하고 있는 저를 보신 아빠는
그제야 마이크를 제 손에 쥐어주셨어요.

“우리 딸 잘하는 <산토끼> 한번 불러볼래?”

그런데 저는 아빠가 원하는 <산토끼>를
순순히 부르고 싶지 않았어요.
그렇다고 노래를 부르지 않겠다고 하고 싶지도 않았죠.
머릿속에 온갖 생각이 들다가 마침내 묘안이 떠올랐어요.

큰집, 작은집, 할머니까지
모든 친척들이 제 입만 바라보고 있었죠.
모든 눈이 저에게 쏠렸을 때, 제가 노래를 하기 시작했어요.

아빠가 원하시던 '산토끼 토끼야'가 아니라,
제가 부른 노래는 '토끼야 토끼야, 산속의 토끼야'였습니다.
아빠를 향한 소심한 복수였죠.

토끼야!! 토끼야!!
산속의 야!!!
겨울이 되면은!!
무얼 느냐!!

이제는 멈춰버린 녹음기

아빠가 떠나신 후 장롱 안에 잠들어있는 멈춰버린 녹음기를 봅니다.

그 녹음기를 보니 그날 온 가족의 노래자랑으로
타임머신을 타고 간 것 같습니다.
이 녹음기가 돌아가면, 시간을 거슬러 그날 그곳으로
돌아갈 수 있을까요.

하늘나라에 가신 아빠가 흥얼거리던 노래가 생각나는 밤입니다.

'천둥산~ 박달재를 울고 넘던 우리 님아~~'

친구들과 맥주한잔!

집 근처 등산하기!

아빠의 수첩

아빠는 에너지가 많은 분이셨어요.
집에 있기보다는 늘 밖에서 활동하는 걸 좋아하셨죠.
퇴근 후에는 친구들과 맥주 한잔 하는 걸 좋아하셨고,
휴일에도 집에서 빈둥대기보다는 혼자서도 산에 다니셨어요.

비가 오는 날이면 산에 가지 못하는 대신 시장에 다니기도 하셨는데
가끔 맛있는 간식을 사다가 식구들 몰래 저한테만 주시곤 했어요.

예순 살에 퇴직을 하셨는데,
그 뒤에도 집에 있으면 좀이 쑤시다며
후배의 회사에서 10년이 넘도록 일을 하셨습니다.
'남들은 집에서 손주나 보지만 나는 돈을 번다' 고 하시며
생일마다 봉투에 5만 원씩 넣어서 '케키' 사먹으라며 주시곤 했어요.
자식들이 오십이 다 될 때까지 설날 세뱃돈도 주셨답니다.

아빠의 연세가 일흔이 넘고 후배 회사가 어려워지자
아빠는 더 이상 출근을 하지 않겠다고 하셨어요.
그런데 일을 그만두게 되자 적적하셨나 봐요.
어느 날 저에게 전화를 해서 이런 말씀을 하시더라고요.

"너희 사무실에 청소할 사람 필요없냐?"

저는 아빠가 오시면 회사의 젊은 사람들이
불편해 한다고 그러지 마시라고 했죠.
그랬더니 출근을 같이 하자시며
네가 출근하는 것만 보고 돌아오는 것도 좋겠다고 하셨어요.
자영업을 했던 저는 회사 직원들이 불편해 할까봐
그것마저도 싫다고 했어요.

너네 사무실
청소할 사람
안필요하니?

아빠 오시면
젊은 친구들이
불편해 해요

아빠! 좋은 일자리가 있어요
010 - XXXX - XXXX
지하철 택배회사에요
밖에 실컷 돌아다니실 수 있을거에요

일을 하고 싶다고 하시고 밖에 나가고 싶다고 늘 말씀하시길래,
농담 반 진담 반으로 '어르신 택배' 라는 것이 있다고 알려드렸죠.

어르신들은 지하철이 무료이니 지하철을 타고 다니면서
택배를 하는 거라고, 심심하면 그쪽으로 연락해보라고 했죠.
그리고 보름쯤 지난 후에 아빠의 전화를 받았어요.

"우리 딸 덕에 아주 좋은 일자리를 얻었구나.
역시 아빠 생각하는 사람은 너뿐이구나."

세상에….
아빠가 지하철 택배를 시작하셨네요.
그 뒤로 아빠는 매일 메시지를 보내셨어요.

지하철을 타는 것이 재미있다,
회사 사람들이 아빠가 일하는 걸 좋아해서 택배를 많이 맡긴다,
물건을 배달하면 사람들이 커피도 주고 사탕도 주면서
아주 잘해준다고 자랑도 하셨죠.

그냥 그런가 보다 했었어요.
그리고 아빠가 편찮으셨고, 일은 더 이상 못하게 되셨죠.
아빠가 돌아가신 뒤에 아빠의 가방에서 나온 수첩 한 권….

딸 덕에
아빠 취직했다
우리딸이 최고야!

※사연자가 이야기집으로 보내온 편지입니다.

To. 이야기집

아빠의 수첩옆에 돋보기와
만보계가 같이 꽂혀있었어요.
이 물건들을 보면서 아빠는
어디서든 이렇게 열심이었구나
라는 생각이 들었습니다.
이 만보계를 보고나서
걷기 싫어하던 늙은 딸은 이제야
차를 버리고 걷기 시작했습니다.

어쩌면 아빠의수첩은 딸을 걷게 하고, 딸을 건강하게 하며,
딸을 더 열심히 살게하는 아빠의 유산이 아닐까 생각합니다.
백억대의 유산보다 더 가치있는 유산이 아닐까요?

수첩 안에는 구겨질까봐 정성스럽게 코팅을 한
지하철 노선도가 곱게 꽂혀 있었어요.
그리고 치과 기공소에서 치과까지 가는 길을 적어둔 메모.
돋보기와 만보계.
일을 잘해서 다들 좋아한다는 아빠의 말은 진짜였어요.

이렇게 성실한 아빠를 누가 싫어할까요.
열심히 사신 아빠의 만보계를 보며
걷는 것을 그렇게 싫어했던 딸은 차를 버리고 걷기 시작했습니다.
어쩌면 아빠의 수첩은
딸을 걷게 만들고 건강하게 만들기 위해
아빠가 주고 가신 선물은 아닌지.

세상에서 가장 비싼 유산을 남기셨습니다.

“아빠 나의 아빠여서 고마웠어요. 사랑해요.”

- 50살이 넘었지만 여전히 아빠가 그리운 딸

차이나 웍

저는 세계를 여행하며 사진을 찍는 사진작가입니다.
스무 살 무렵부터 세계를 여행하느라
부모님을 자주 뵙지 못했지요.

한국에 돌아올 때마다 제일 먼저 하는 일은
부모님을 뵈러 고향집에 들르는 일입니다.
그날도 오랜만에 부모님을 뵈려고 고향에 갔습니다.

그런데 새벽에 부스럭거리는 소리가 들렸어요.
아직 해가 뜨지 않아서 밖이 어두웠어요.
가만히 내다보니 아버지가 나갈 채비를 하느라
조심스레 움직인 소리였어요.

'도대체 어디에 가시려고?'

아버지의 뒤를 따라가 보니 새벽시장이었어요.
제 고향은 부산입니다.
우리 동네의 새벽시장은 각종 해산물이 싸고도 신선하지요.

아버지는 좋은 해산물을 싸게 사려고 새벽잠을 반납하셨던 거예요.
50년 동안 매일 아침마다 새벽에 장을 보러 다니셨다는데
저는 오랜 세월이 지나서야 그 사실을 알았습니다.

和新飯店

아버지는 요리사입니다.
요즘에는 셰프라고 하는데, 아버지는 '주방장'이라 하십니다.
우리 아버지는 우리 동네 중국집 주방장입니다.
사장님이기도 하고요.

아버지는 중국집을 운영하신 지 50년이 훌쩍 넘었습니다.
한자리에서 늘 똑같은 맛으로
동네 사람들에게 따뜻한 음식을 대접하고 싶다고 하십니다.

장을 보고 온 뒤에 아버지는 더 바빠지세요.
새벽부터 양파를 손질하고 짬뽕국물을 준비해야 하거든요.

"양파손질이 지긋지긋하다."

처음 중국요리를 배울 때부터 양파손질을 하느라
이젠 이골이 났다고 하면서도
중국집 부엌 재료의 기본은 양파라 허투루 하면 못쓴다고 하시죠.
어찌나 단련이 되었는지 이젠 양파를 썰어도
눈물이 나지 않는답니다.

和新飯店

和新飯店

아버지를 생각하면 중국집 주방에 계시는 모습만 떠올라요.
그래서 어릴 때부터 가장 익숙한 아버지 모습은 뒷모습입니다.
물론 아버지의 뒷모습만 보아도 바쁜 상황이 보입니다.
얼핏 보면 어깨춤을 추는 것 같기도 합니다.

그런데 어깨춤을 추는 건 양파를 써는 것이었고
고개를 끄덕거리는 건 알고 보면 연신 국물 맛을 보느라 그런 거였어요.
어릴 때는 등 돌린 아버지 뒷모습만 눈에 보였는데,
지금은 아버지의 앞모습도 보이는 듯 합니다.

아버지의 손에는 늘 무거운 웍이 들려있었습니다.
아버지께서 연세가 드시는 것처럼 냄비도 늙어갑니다.
아버지처럼 웍에도 세월의 흔적이 쌓였습니다.
그래도 손때가 묻어 반질거리고 손에 익숙해서
다른 것보다 쓰기 좋다고 하세요.

연세 드신 아버지처럼
세월의 흔적이 남은 웍에서 지난 세월을 봅니다.

웍도 아버지처럼 나이가 든 걸까요?
낡은 웍과 함께 부엌에서 늙어가신 우리 아버지.

생각해 보니 태어나서 지금까지
저는 늘 아버지가 해주신 밥을 먹고 자랐네요.

평생 아들 밥을 챙겨주셨던 우리 아버지.
말을 하고 싶은데 쑥스러워서 입 밖에 내기 어려웠던
그 말을 해야겠습니다.

"아버지, 당신 밥을 먹을 수 있었던 저는 정말 행복한 아들입니다."

- 마흔이 넘어서 아버지를 다시 생각하는 아들이

和新飯店

아버지와 종이컵

아버지는 사람들이 중국집을 찾을 때
깨끗하고 따뜻하게 대접받아야 한다고 하셨죠.
주방에서는 동네 사람들을 위해
따뜻하고 맛있는 한끼를 만들기 위해 애쓰시고,
중국집 앞을 늘 쓸고 닦으셨습니다.

그런데 몇 년 전부터 아버지의 중국집 앞에 좌판이 들어섰습니다.
좌판의 주인은 아버지보다 더 연세가 드신 할머니.
좌판이 들어서니 중국집 앞이 지저분해졌습니다.

제가 오랜 여행에서 돌아와
아버지의 짜장면이 먹고 싶어 중국집으로 갔을 때,
그날 아침에도 어김없이 좌판이 열렸습니다.

할머니는 잔뜩 굽은 허리로 무겁게 이고 지고 온 채소를
펼쳐 놓고 장사할 준비를 시작하셨죠.
잠깐 사이에 가게 입구에는 텃밭에서 갓 캐온 푸성귀가
좌판 가득 펼쳐졌습니다.

다시는 오지마세요!

저는 눈살을 찌푸리며 안으로 들어가
왜 이곳에서 장사를 하게 두느냐며 식당이 지저분해졌다고 불평했죠.

그런데 아버지의 얘기를 들어보니
생계가 힘들었던 할머니가 좌판을 벌여 장사를 하려 했는데,
가는 곳마다 쫓겨났다고 해요.

누구나 자기 집 앞에 지저분한 좌판이 들어서는 걸 반대했던 거죠.
저처럼 말이죠.

여기서
편하게 장사하세요
和新飯店

여기저기서 쫓겨난 할머니는
결국 아버지의 중국집 앞으로 왔다고 해요.
물론 아버지도 할머니를 쫓아낼 수 있었겠죠.

그런데 아버지는 오히려
우리집 앞에서 장사하라고 권하셨다고 해요.

和新飯

처음엔 채소 한줌으로 시작한 할머니의 좌판은
점점 종류가 늘어서 요즘엔 제법 채소가 그득합니다.

그러니 쓰레기도 많이 나오고 지저분하기가 이루 말할 수 없습니다.

和新飯

가게 앞이 지저분해지자,
손님들이 오히려 아버지를 걱정하며 할머니를 다른 곳으로
보내야하는 것 아니냐고 했답니다.

그러던 어느 날 예고도 없이 가게를 찾아간 저는
또 다른 아버지의 모습과 마주쳤습니다.
가게 문이 열리더니
아버지가 양손으로 무언가를 감싸서
조심스럽게 들고 나오는 것이었어요.
아버지의 손 안에는 김이 모락모락 나고 있었어요.

따뜻한 중국차가 든 종이컵이었습니다.

우리 아버지는 무뚝뚝한 부산 사내입니다.
그날 저는 아버지의 무뚝뚝함 뒤에 숨어있던 마음을 보았습니다.

김이 모락거리는 따뜻한 차처럼
종이컵에 가득했던 아버지의 다정함.

그날 이후 여기저기 굴러다니는 종이컵만 봐도
아버지의 모습이 떠오릅니다.
어쩌면 아버지를 생각하면 종이컵이 생각날지도 모를 일입니다.

돛과 닻

스무 살 무렵에는 아버지를 보면 답답했습니다.
평생 고향을 떠나본 적이 없는 분이니까요.

부산에서 태어나 부산에서만 자란 우리 아버지는
부산 땅을 떠나 살아본 적이 없습니다.
그래서 아버지의 모든 세상은 부산이 전부였습니다.

和新飯店
和新飯店
57년간 고집해온 장인의 맛
식사류
짜장면
짬뽕
볶음밥
광동밥
새우볶음밥
요리류
당수육
팔보채
깐풍기
깐쇼새우
유산슬

중국집을 차려도 돈벌이가 잘되는 상권을 따지지도 않고
한번 터를 잡으면 이리저리 옮기지도 않고 제자리입니다.
동네를 떠나지도 않고 늘 같은 공간에서 장사를 하고 살림을 합니다.

50년을 늘 같은 곳으로 출근하고
같은 음식을 만들어 장사를 하시는 아버지.

아버지는 닻을 내리고 정박해 있는 배처럼 보입니다.

그런 아버지를 보며 자란 아들은 늘 떠나고 싶었습니다.

스무 살이 되기만을 기다렸던 저는 고향을 떠나
이십 년이 넘도록 낯선 곳을 떠돌며 삽니다.
여행을 하며 사진을 찍고, 세계 각국 어디에서나
짐을 풀면 집이 됩니다.
남미를 가든 히말라야를 가든 세상이 곧 저의 집입니다.

히말라야에서 만난 천사들

여러 곳을 여행하며 사람들을 만나고,
그 사람들의 이야기를 사진에 담는 사진작가의 삶이 행복합니다.
내일은 또 다른 장소에서 다른 사람과 만날 생각을 하니 늘 설렙니다.

아들의 삶은 마치 돛을 달고 푸른 바다를 향해
떠나는 배처럼 세상을 항해합니다.

그런데 언제부터일까요.
세상을 여행하다 지칠 때면 고향이 생각납니다.
부산에 가면 당연히 아버지를 볼 거라는 생각에
힘들고 지치면 고향으로 돌아갑니다.

돛을 달고 떠났다가도
고요한 항구로 돌아와 닻을 내리고 쉬어가는 배처럼
세상을 돌고 돌아 저는 다시 부산으로 갑니다.

고향으로 돌아와 제일 먼저 하는 일은
아버지의 중국집으로 가는 겁니다.

그곳에는 늘 한결같이 한자리에 서 있는 아버지가 계시고
평생 먹었지만 지금도 변치 않는 짜장면이 있습니다.

아버지의 짜장면은 40년째 같은 맛입니다.

짜장면을 먹다가 불현듯 생각합니다.

세상 곳곳에서 수십만 명의 얼굴을 찍었는데도
어머니 아버지 얼굴을 찍어드리지 못했구나.
여행에서 돌아와 짜장면 한 그릇을 먹고 난 뒤
아들은 카메라를 들었습니다.
카메라를 든 지 이십 년 만에 처음으로
부모님의 얼굴을 카메라에 담았습니다.

물끄러미 카메라 속의 부모님 얼굴을 바라봅니다.

사진에 담긴 어머니, 아버지는 왜 이리 늙으셨을까요.
입가에 미소를 띠고 있지만, 눈은 왜 울고 계실까요.

– 40년 동안 아버지의 밥을 먹어온 행복한 아들이

아버지와 커플링

저는 자유로운 영혼의 소유자입니다.
어린 시절의 꿈이 세계여행이었어요.
세계를 떠돌면서 사는 삶을 동경했지요.

세계 어디서나 사람이 사는 곳이면 나도 살 수 있다고 생각하며
중국, 영국, 미국을 돌아다니며 자유롭게 살기도 했습니다.

각 나라에서 1, 2년씩 살다가 집으로 돌아와 보니,
청년 같았던 아빠가 환갑을 앞둘 정도로
세월이 흘렀다는 걸 깨달았습니다.

가족들은 환갑잔치를 하느니 마느니 말이 많았습니다.

“요즘 환갑잔치를 누가 하느냐.”

“아니다 하자….”

주인공인 아빠는 촌스럽게 잔치가 무어냐며
파티를 하자고 했습니다.

“나는 오붓한 파티가 좋아,”

저는 제 손으로 파티를 해드리고 싶어서,
가진 돈을 탈탈 털고 그것도 모자라 철야 근무까지 하며
돈을 모았습니다.

회갑을
축하드립니다

제가 준비한 파티는 화려하지도 성대하지도 않은
말 그대로 조촐한 파티가 되었습니다.
그래도 온 가족이 함께 웃고 떠들며 다들 즐거워했죠.

아빠가 제일 좋아하셨어요.
아빠는 제가 그 동안 본 얼굴 중에 가장 환한 얼굴로
저를 보고 웃으셨습니다.

기쁨이 넘치는 밤이었습니다.

아빠 생신 두 달 뒤에는 제 생일입니다.
그런데 생일을 한 달이나 앞둔 어느 날
아빠가 갑자기 작은 상자를 불쑥 내밀었습니다.

'이것은 마치 프러포즈 같은….'
제 생일 선물이었어요.

"빨리 선물을 주고 싶어서 더는 기다릴 수 없구나."

성격이 급한 아빠가 도저히 기다릴 수 없어
미리 선물을 준 것이었습니다.

큰딸에게

아빠가 하고 싶었던 것은 큰 딸을 위한 깜짝 이벤트였어요.
서프라이즈 생일파티를 해주려고 하루 이틀 기다리던 아빠는
차라리 생일 선물을 먼저 주고,
딸이 기뻐하는 얼굴을 빨리 싶었던 것이죠.

아빠의 깜짝 생일 선물은 '커플링'

딸과 함께 하루라도 더 빨리 커플이 되고 싶었다는 고백과 함께.

아빠와 커플링을 나누어 꼈습니다.

반짝이는 반지가 아빠와 제 손가락에 나란히 자리 잡았습니다.

아빠와 저는 완벽한 커플!

우리 아빠는 세상에 없는 최고의 애인입니다.

愛 애

人 인

우리 아빠는 제가 가장 사랑하는 사람입니다.

– 아빠로부터 커플링을 받은 딸이

세상에서 제일 사랑하는 아빠께

할아버지와 붕어빵

해마다 이른 겨울이 되면 그날이 생각납니다.

20년 전의 일이에요.
그때 저는 초등학교 2학년이었고
어떤 남자를 세상에서 제일 사랑했어요.

500
02
500

저는 동네에 하나뿐인 초등학교에 다녔는데
집에서 학교까지 거리가 있었어요.
초등학생이 걸어가기에는 조금 멀어서
엄마는 아침마다 천 원을 주시고는 버스를 타라고 하셨어요.

그날도 아침에 버스를 타고 학교에 갔다가
학교가 끝나고 다시 버스를 타고 집으로 돌아가는 길이었어요
그런데 학교 앞에서 맛있는 냄새가 났어요. 붕어빵!
갑자기 제가 사랑하는 사람이
붕어빵을 좋아한다는 사실이 생각났어요.

버스비도 500원.
붕어빵도 500원.

500원을 들고 붕어빵 아저씨에게 갔어요.

버스를 타는 대신 붕어빵을 샀습니다.

이번엔 집으로 걸어갈 일이 걱정이었어요.
'붕어빵이 식으면 어쩌지….'
저는 붕어빵을 품에 꼭 안았습니다.

그러고는 버스 네 정거장 거리를 한참 걸어서 집까지 왔어요.
힘이 들었지만, 제가 사랑하는 사람을 생각하니
하나도 힘들지 않았어요.

집 앞에서 마침내 그 사람을 만났습니다.
제가 가장 사랑한 사람.
우리 외할아버지.

할아버지 앞에서 붕어빵 봉지를 열었는데 봉지 속이 참혹했어요.
붕어빵이 터지기도 했고 뜨거운 열기에 종이 봉투가 눅눅해져서
빵에 덕지덕지 달라붙어 있었어요.

속상해서 눈물이 찔끔 나려는데
할아버지가 그 중에 하나를 집으시더니
종이가 묻은 붕어빵을 그대로 드시는 거예요.

"손녀딸이 사주는 게 세상에서 제일 맛있다."

지금도 붕어빵 가게 앞을 지나갈 때면 그날이 생각나요.

500원 동전과 버스, 붕어빵.
맛있게 드시던 할아버지 얼굴….

붕어빵 아저씨를 만나면 할아버지께 또 사다 드려야겠어요.
할아버지, 오래오래 사세요.

- 서른이 되어서도 할아버지를 제일 사랑하는 손녀

두번째 / 너는 내 운명

영원한 나의 오빠들 god

처음 오빠들을 만난 때는 일곱 살이었어요.
다섯 명의 오빠들은 어쩌면 모두다 그렇게 잘생겼고 말도 잘하는지,
볼 때 마다 얼굴에서 빛이 나는 것 같았어요.
텔레비전에 오빠들이 나오면 밥을 먹다가도 달려가곤 했죠.
엄마가 구해주신 싸인 브로마이드를 천정에 붙여 놓고
침대에 누워 올려다보면서 잠들곤 했어요.

오빠들은 나의 신, 나의 god.

일곱 살의 어린 팬으로 만나 여전히 오빠들이 좋은 걸 보면
오빠들은 나의 운명의 상대?

나의 존재를 알지 못해도 그 자체로 좋은 사람들
무엇이든 다 주어도 아깝지 않은 나의 스타.
친구들이 나이 든 아저씨들이 뭐가 좋냐고 놀릴 때마다
운명의 상대라고 강조하곤 합니다.

내가 좋아하는 god 오빠들처럼
사람들에게는 자기만의 운명의 상대가 있다는 생각이 듭니다.
누군가는 매일 만나는 사람이 운명이고,
누군가는 평생 손에 쥔 생업이 운명이겠죠.
누군가는 새로운 운명이 불쑥 찾아오기도 할 것입니다.

선구거리에서 작은 가게를 하며 스물 네 시간 함께하시는
할아버지, 할머니를 만나 운명의 상대에 대해 생각해봅니다.
60년을 하루 같이 매일 24시간 보아도
여전히 그립고 사랑스러운 것이 운명일까….

고향을 떠나 새로운 곳에 정착한 할머니는
새로운 터전을 운명의 장소라고 받아 들였답니다.
작은 골목을 만난 것도 운명이었을까요?

누군가는 평생 지치지 않고 할 수 있는 직업을
만나는 것도 운명이라고 이야기합니다.
어릴 때부터 사진 찍는 걸 좋아했는데 시간이 훌쩍 지나 돌이켜보니
어느새 사진사가 된 스스로에게 격려를 보내는 아저씨.

죽고 싶은 순간에 실과 바늘을 들고 뜨개질을 하며
새로운 삶을 시작할 수 있었다는 아주머니.

세상에는 많은 사람들만큼이나 다양한 이야기가 있습니다.

그 많은 이야기를 단순히 기록하는 데서 그치지 않고
모두의 기억 속에 남겨두고 싶습니다.
개인의 이야기를 이야기그림으로 그려서 추억으로 만들고 싶습니다.

개인의 이야기들이 모여 모두의 기억이 되는 시간,
그 운명의 시간을 그리고 싶습니다.

너는 내 운명

하루 스물 네 시간 같이 있는 사람들을 만나 보셨나요?
저는 만나봤습니다.

아침에 함께 일어나고 출근도 함께 하시고
하루 종일 붙어 있다가 퇴근할 때도 같이 가시더군요.
하루 밥 세끼도 함께 드세요.
벌써 수십 년째 같은 공간에서 같은 일을 하고
하루 스물 네 시간, 떨어지지 않으세요.

"하루 종일 같이 계시면 힘들지 않으세요?" 이렇게 여쭤보니

인천 피복 상회

두번째 너는 내 운명 … 너는 내 운명

"옛날에 결혼할 때 그렇게 살라고 했잖아."

그저 주례사 선생님이 얘기하신
혼인서약을 실천하는 것 뿐이라고 하시네요.

검은 머리가 파뿌리가 될 때까지
아플 때나 건강할 때나
슬플 때나 기쁠 때나 늘 함께하라고 하셨대요.

두 어르신은 결혼식장에서의 당부를 잘 지키고 계십니다.
두 분 모두 검은 머리가 파뿌리가 되었고요.

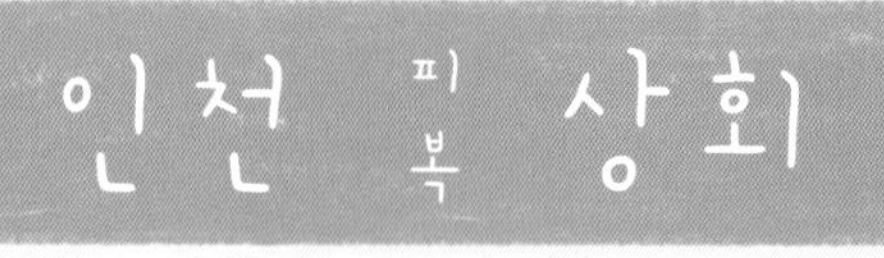

두번째 너는 내 운명 … 너는 내 운명

두 분은 작은 항구도시에서 작은 가게를 운영하고 있으세요.
뱃일하는데 필요한 물건들을 파는 작은 가게랍니다.
서너 평의 좁은 공간에서 두분이 꼭 붙어 계시죠.

뱃사람들에게 필요한 물건을 받아 오고
손님을 맞이하고 물건을 파는 사이에 함께 밥도 드세요.
주로 할머니가 밥을 하시는데 그런 할머니한테 미안하다면서
할아버지는 할머니 손톱도 깎아주시고
무릎에 눕혀놓고 귀를 파주기도 하셨어요.

"같이 붙어 있으면 지겹지 않으세요?"

할머니께서 물건을 파는 사이에 할아버지께 몰래 여쭤봤어요.

"늘 붙어있어도 지겹지 않은 걸 보면 우리가 운명인가 봐. '천생연분'이지."

두 분을 그리려고 자세히 살펴보니 두 분이 참 닮으셨네요.
운명의 상대를 만나 평생 함께 살기가 힘들다는데
운명의 상대를 만나신 두 분이 정말 부러웠습니다.

할아버지는 칠십이 넘어서도 할머니가 여전히 사랑스럽다고 하셨어요.

필동 노부부

"어르신 고향이 어디세요?"

제가 여쭤보니 이렇게 답을 하셨어요.

"필동의 작은 골목이 내 고향이라오."

할머니는 팔십이 넘은 할아버지과 함께
서울의 좁은 필동 골목의 가장 안쪽 끝 초록 대문 집에 살고 계십니다.
70년 동안 한 차례도 이 골목을 떠난 적이 없으시대요.
그러니 골목이 할머니의 고향이지요.

영미 할머니
어머니
영미할머니

할머니는 일곱 살에 이 골목에 처음 오셨대요.
그때는 전쟁 중이었답니다.
이북에서 태어난 할머니는 전쟁을 피해서
어머니의 손을 붙들고 남으로 내려왔답니다.
할머니의 어머니께서 필동에 자리를 잡았는데
당시에는 전쟁통이라 다닥다닥 붙은 판잣집이 즐비했다네요.

할머니는 그때부터 지금까지 필동을 떠난 적이 없으시다고 해요.

일곱 살에 처음 이 골목에서 살기 시작한 할머니는
이곳에서 살면서 결혼도 하셨다네요.

"할아버지 처음 보셨을 때 생각나세요?"

"장사를 하시던 어머니가
어느 날 청년이 있다면서 한 남자를 데려왔어요."

할아버지 인상이 좋아서 금방 혼인을 하셨답니다.

"남편은 성실한 사람이야."

어머니께서 사윗감으로 점찍은 할아버지는 할머니처럼
전쟁을 피해 피난 내려 온 분이래요.
결혼한 뒤에 할머니는 자연스레 필동댁이라고 불리셨답니다.
젊을 때는 필동댁이라고 하던 사람들이
이제는 필동 할머니라고 한다며 늙어서 슬프시대요.

7살 소녀
필동댁
필동할머니

할아버지를 만나 아들 둘에 딸 하나를 낳으시고
좁은 골목집에서 세 아이를 잘 키우셨다고 합니다.
어린 피난민 소녀를 키워준 골목길이
그 소녀의 아이들을 키워준 셈이지요.

할머니, 할아버지는 이 골목에 정이 많이 들었답니다.

"골목길은 우리 식구들의 놀이터였지.
아이들이 다 커서 시집장가를 가니, 이젠 다시 우리 둘만 남았네."

할머니, 할아버지는 좁은 골목집에 앉아서
한참 동안 서로를 바라보셨습니다.

자녀분들이 제법 밥벌이를 잘해서 큰 걱정은 없으시대요.

"아들도 딸도 이 좁은 골목집을 버리고 제발 큰 집으로
이사를 하라고 하는데 나는 이 집을 떠나고 싶지 않아요."

좁디 좁은 골목집도 할아버지와 함께 살면 대궐같으시대요.

"남편과 함께 있으면 여기가 궁전이지."

골목집에 가만히 앉아서 눈을 감으시면
어머니와 함께 냇가에서 물놀이를 했던 기억이 나신대요.
젊은 새댁시절에는 할아버지와 함께
명절마다 동네잔치를 했던 장면이 눈에 선하시답니다.

그런데 할머니는 요즘 기억이 온전치 않으세요.
하나 둘 기억이 점점 사라지고 있다는데,
다 잊어도 할아버지는 잊지 않으실거래요.

오십 년이 넘도록 함께 해온 할아버지,
아주 잘생기고 성실한 청년의 모습이 아직도 생생하시대요.

요즘은 기억이 가물거려서 연세도 자꾸 잊으신다면서도
할머니께서는 이렇게 말씀하셨어요.

“나의 살던 고향은 영감님이 계신 곳이야.”

앞으로도 할아버지와 함께 오래오래 사세요.

시계포 할아버지

55년 동안 시계만 보고 시계에 묻혀 살아오신 분입니다.

시계포에 앉으시면
아버지가 사다 준 시계가 고장이 났다며
고장 난 시계를 고쳐달라는 손님도 생각나시고,
입학하는 딸아이에게 선물한다며
새 시계를 사가는 손님의 얼굴도 떠오르신대요.

새 시계를 파는 날보다는
고장 난 시계를 고치는 날이 많아서 눈을 혹사당하곤 하셨다지요.
동네 어르신들은 할아버지를 보고 '시계포 김씨'라고 부르셨어요.

두 평 남짓한 작은 시계포가 할아버지의 일터입니다.
함께 일하는 동료도 계세요.
할아버지의 유일한 동료는 할머니입니다.

매일 아침 8시에 출근을 하고
하루 종일 할머니와 함께 시계포를 지키세요.
저녁 7시에는 함께 문을 닫고 집으로 들어가시고요.

"좁은 가게에 할머니와 함께 계셔서 불편하지 않으세요?"
이렇게 여쭤보니

"아니. 할멈이 있어서 심심하지 않아 좋지."

금은 보석 양남사 도장

보석의명가 도장

양남사

같은 자리에서 장사를 오래 하셔서,
동네 단골손님들하고도 형님 동생하며 지내고 있으세요.

“가끔은 친형제 보다 낫다는 생각이 들어요.”

하루에도 서너 번씩 찾아오던 친한 형님은
시계포에서 손녀를 함께 키웠을 정도로 친하시대요.

좁은 가게지만 할머니와 함께 계시고
동네 형님들도 자주 찾아오고, 동네 사랑방이 되기도 하니
시계포가 제법 사람 사는 맛이 있어 좋으셨대요.

늘 사람들로 북적거리던 시계포가 요즘은 한산하네요.
지켜보는 저도 마음이 좋지 않았어요.

코로나19 때문에 시계포를 찾는 사람들이 거의 없거든요.
어느 날은 사람 하나 구경하지 못한 채 문을 닫으셨대요.
손님이 있으나 없으나 매일 아침 이곳으로 출근해서
저녁이면 할머니와 함께 퇴근하는 일을 멈추지 않고 있답니다.

한창 바쁠 때는 고쳐야 할 시계가 많아서
좁쌀만한 시계 부속만 바라보고 사셨대요.
그런데 요즘은 시계포 창문 너머를 더 자주 쳐다보시네요.

오가는 사람이 있는지, 혹시 시계포로 들어오는 것은 아닌지
고개를 쑥 빼고 바라보는 시간이 더 많아 보입니다.
손님도 없고 오가는 사람도 없는 창문을 바라보고 앉아 있으면
마음이 답답하시대요.

요즘은 할머니가 고마우시다네요.

"이럴 때 아내가 없었으면 더 힘이 들었을 것 같아."

물끄러미 할머니를 보시더니 말씀을 꺼내시네요.

“아내는 여행을 좋아하는 사람이지.
그런데 매일 시계포 문을 열겠다며 출근만 시키고
여행을 해본 적이 없네.”

매일 출근한다는 핑계로 해외여행은 고사하고
가까운 국내에도 여행을 가본 적이 없으시답니다.

“여보 미안해.”

젊은 시절 아내

조만간 가게 문을 닫고 할머니와 함께 여행을 떠날 계획을 세우셨대요.

남들 여행 가는 걸 보면서 부러워하시던 할머니한테
이제라도 함께 여행하는 선물을 하고 싶으시대요.
먼 곳이 아니고 가까운 곳이라도 할머니와 함께 가보고 싶다고 하셨어요.

그동안 남편만 바라보고 사느라 고생한 아내한테
이제라도 작은 선물을 해보고 싶으시답니다.

시계포의 문을 닫으면 이곳의 시계도 모두 멈추겠지요.
하지만 모든 것이 멈춘 것은 아닐 겁니다.

이제부터 할아버지와 할머니 시계가 움직이기 시작할 거예요.
앞으로 할머니와 함께하는 시간이 펼쳐질 것입니다.

그 시간을 행복하게 보내시면 좋겠습니다.

그물과 함께 춤을

처음 만나자마자 사랑에 빠졌다고 하시네요.
만나자마자 첫눈에 반한 셈이지요.

어찌나 촘촘하고 세심한지
다른 곳에는 눈을 돌릴 수가 없으셨답니다.

아침에 눈을 뜨자마자 빨리 가서 보고싶으셨대요.

'지난 밤에 별 일이 없었을까?'
'오늘은 만나서 무얼할까….'

눈을 뜨는 순간부터 가슴이 설레셨대요.
생각만 해도 하루가 즐거우시다고 합니다.

그를 사랑한 사람은 아주머니 뿐만이 아니에요.
아주머니의 어머니도, 아버지도 그를 사랑했고
아드님도 그를 사랑한대요.

아주머니네 가족들은 모두 그를 보면 행복하고
그와 함께 있으면 즐겁다고 합니다.

아주머니의 인생을 송두리째 바꾸어놓은 그는
손에서 놓은 적이 없는 바로 이것, 그물입니다.

혹시 배에서 고기를 잡는 그물을 말하는 것이냐고요?

네, 바다에서 사용하는 그물 맞아요.
그물을 만난 그날부터 아주머니의 인생이 바뀌었대요.

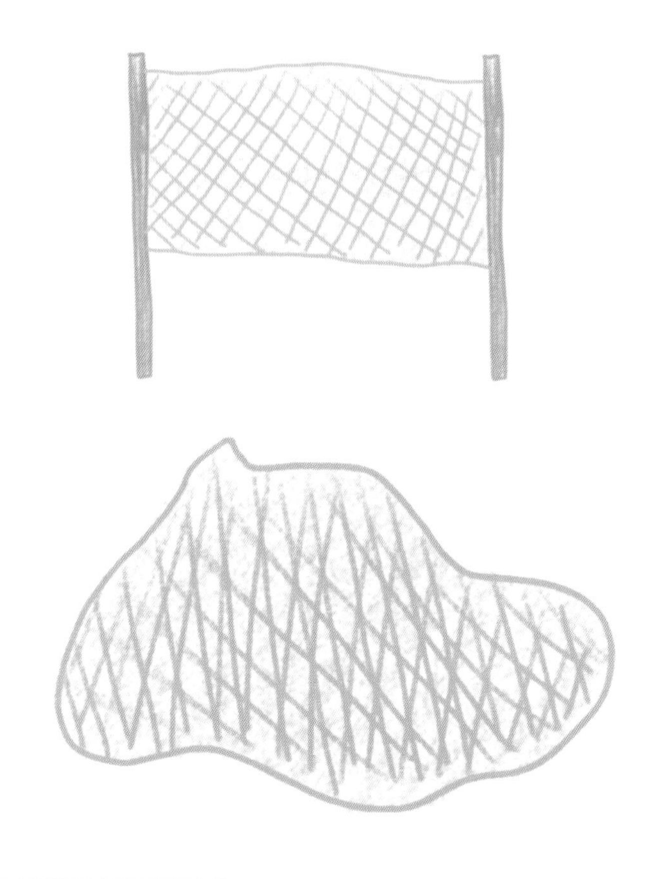

흰 손가락

그물을 만드는 일이 정말 좋으셨다고 해요.

“그물을 어떻게 만드는지 저한테도 알려주세요.”

“아무 것도 없는 상태에서 머릿속에 완성된 그물의 모양을 상상하지.
그리고 손으로 하나씩 둘씩 모양을 만들어 가는거야.”

수십 년동안 그물을 만들었더니 손가락이 휘어지셨대요.
손가락을 다 내주어도 아깝지 않을 정도로 그물이 좋으시다네요.

그물에 빠져서 그물만 생각하면서 살았는데도
아침에 눈을 뜨면 또 만나러 갈 생각에 하루가 행복하시대요.
그물과 함께 한 수십 년의 세월도,
그물과 함께 하는 오늘도 행복하시답니다.
그물이 있으니 내일도 행복하실 거래요.

뜨개질은 내 운명

손으로 하는 일은 무엇이든 자신이 있으셨대요.

"어릴 때부터 손재주가 좋다는 말을 종종 들었어요."

손으로 무언가를 만들다 보면
잡생각도 잊어버리고 행복하다는 생각이 들곤 하신답니다.
평생 함께해 온 뜨개질이 아주머니 행복의 원천이래요.

"뜨개질은 언제 배우셨어요?"

"혼자 배웠지."

털실 하나만 있으면 하루 종일 심심하지 않으셨대요.

18살의
임영숙 선생님

"어릴 때부터 돈 버는 일을 찾았어. 열 살, 스무 살에는 돈을 많이 벌 수 있는 일을 찾아서 하루하루를 보냈지."

가난에서 벗어나고 싶어서 뜨개질을 시작하셨답니다.
열 여덟에 시작한 뜨개질이 평생을 책임져줄 생계가 될 줄 모르셨대요.

"칠십이 넘어서는 뜨개질이 나를 선생님으로 만들어 주네."

요즘은 어린 아이들의 뜨개질 선생님이 되셨대요.

"실을 살 돈이 없어서, 풀고 또 뜨고,
다시 풀면서 뜨개질을 했어요.

이십 대에는 뜨개질을 하루 종일 하고
또 하고 싶었는데 실을 살 돈이 없었대요.
그래서 가끔은 다 만들어 놓은 옷을 풀어서 뜨고
다 만들고 나면 또 풀어서 다시 뜨개질을 하셨답니다.

"지금 생각하니 의지할 곳이 없어서 그런 것 같기도 해."

아주머니의 아버지는 어린 시절에 돌아가셨대요.
그 후에 어머니와 둘이 남았는데,
어머니는 아주머니가 행복하게 살기를 바라셨답니다.

"돈 많은 남자보다는 행복하게 해줄 남자를 만나라."

어머니가 늘 그렇게 말씀하셔서
그런 남자를 만나야겠다고 생각하셨대요.
당연히 만날 수 있을 거라고 생각하셨다고 해요.

그렇지만 결혼 생활이 썩 좋지는 않으셨대요.
행복은 커녕 늘 불행한 일만 많았다네요.

아주머니의 남편은 군인이었는데, 아주머니를 부하 대하듯 했대요.
그래서 남편하고 사이가 좋지 않으셨대요.
결국 황혼 이혼을 하셨답니다.
이혼을 하고 나니 더 의지할 곳이 없어서
또 뜨개질에 의지하기 시작하셨대요.

'만약에 뜨개질이 없었다면 어땠을까….'

"슬프다. 힘들다는 말은 하지 않아요.
대신 행복하다고 해요.
뜨개질을 할 수 있어 밥 먹고 살았으니
얼마나 행복해요."

슬프다는 생각은 하지 않으려고 하신답니다.
대신 행복하다…하고 생각하신대요.

"뜨개질을 할 수 있으니 행복하다…."
"뜨개질을 하면서 하루 종일 지낼 수 있어서 정말 좋구나."
"뜨개질을 하며 밥을 먹고 살았으니, 이 얼마나 행복한 일인가."

자꾸 이렇게 얘기를 하며 웃으셨어요.

털실 하나에서 인생을 배우시면서
뜨개질을 하며 마음을 달랬다고 합니다.
뜨개질은 아주머니의 운명이었나 봐요.

운명의 상대가 가까이에 있어서,
아주머니는 오늘보다 내일 더 최고의 날을 살 것입니다.

꿈을 찍는 사진사

어저씨의 어릴 때 꿈은 사진사였다고 합니다.
남들의 꿈을 찍는 사진사가 되고 싶으셨대요.

"그러면 꿈을 이루신건가요?"

"꿈을 이루긴 했지요.
사진사가 되었고, 나만의 사진관도 만들었으니까.
사진관을 운영한지 벌써 40년이 훌쩍 넘었네요."

처음 카메라를 잡았을 때가 지금도 생각나신답니다.

"얼마나 신기했는지 그때부터 매일 사진을 찍고 싶었어요."

"어린시절의 꿈을 이루셨으니 행복하시겠어요?"

한참 생각하시더니 이렇게 말씀하셨어요.

"아직도 꿈이 남아있어요."

처음 사진관을 시작한 때는 1973년 3월이었대요.
영화사도 많고 인쇄소도 많았던 충무로에
자리를 잡아 정말 좋으셨다고 해요.
증명사진도 많이 찍고 인물사진도 찍는 사진관이었답니다.

처음에는 번듯하고 멋진 사진관이었지만
50년 가까이 세월이 흘러 지금은 많이 낡고 허름해 보입니다.

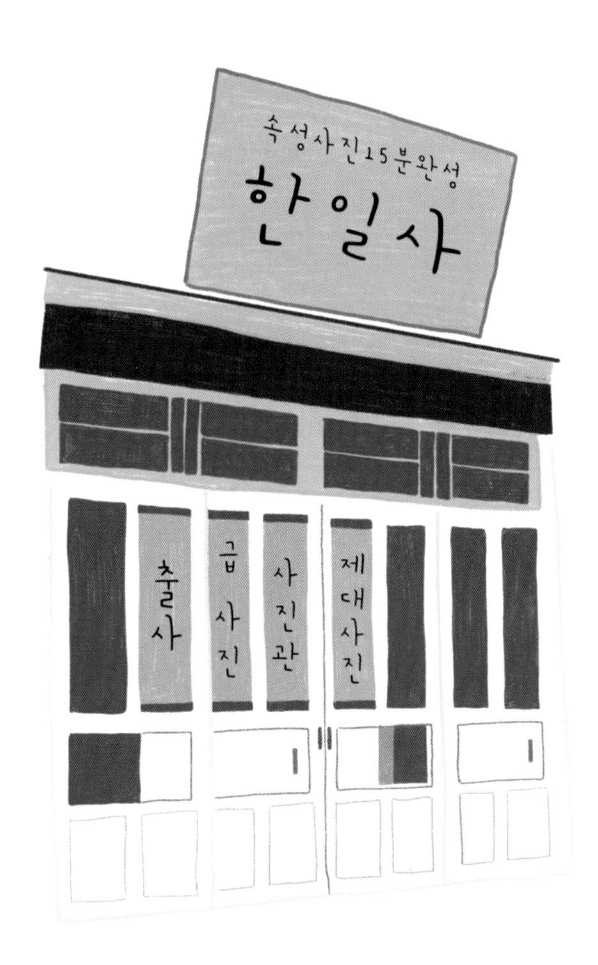
속성사진 15분완성
한일사
출사
급사진
사진관
제대사진

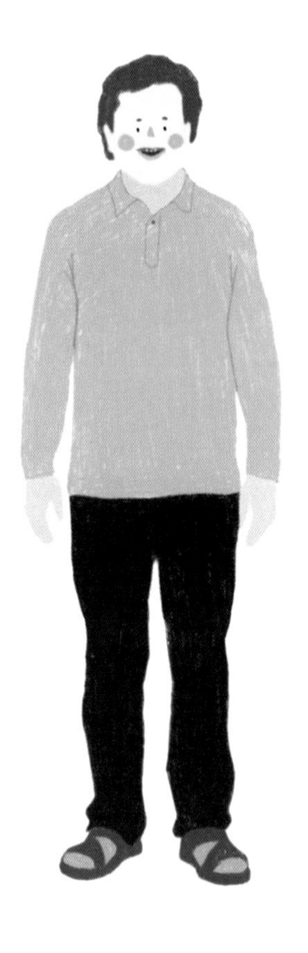

"무작정 사진찍는 일이 좋았어요."

처음 사진관의 문을 열었을 때
하루 종일 사진관에서 살고 있는 아저씨를 보고
남의 얼굴을 찍는 일이 뭐 그리 재미있냐고 사람들이 물어봤대요.

"무작정 사진을 찍는 일이 좋았지."

하루 종일 사진만 찍어도 배가 고프지 않았던 그런 시간이었답니다.

COFFEE

처음 사진을 배우고 일을 시작할 때는
365일 동안 쉬지도 않고
사진을 찍고 인화하는 일에 매달렸다고 하시네요.

밤을 새도 피곤한 줄 몰랐고,
누가 사진을 찍어 달라고 하면 돈도 생각하지 않고 달려가서
사진을 찍어주기도 하셨대요.
카메라를 하루도 손에서 내려놓은 적이 없었다고 합니다.

필름카메라에서

디지털카메라로

평생을 카메라만 쥐고 살 줄 아셨답니다.

“필름을 꺼내서 인화를 하면
사진이 나올 때마다 얼마나 흥분이 되는지….
죽을 때까지 그 흥분을 계속 느끼면서 살 줄 알았어요.”

그런데, 필름을 구하기가 점점 어려워지기 시작했고
대신 디지털카메라가 그 자리를 차지하면서
아저씨도 방향을 바꾸게 되셨대요.

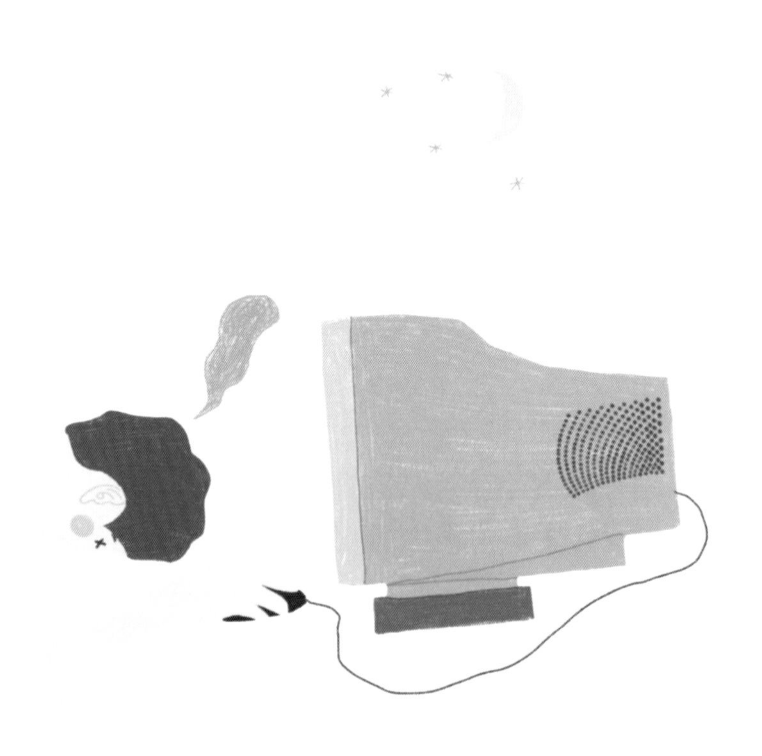

연세가 들어서도 계속 카메라를 잡아보려고
디지털 기술을 배우려고 했는데 일주일 만에 쓰러지셨대요.
그래서 사진관을 접어야겠다고 생각했답니다.

바로 그때!

학생 때부터 왔다는 단골손님들이 다시 찾아왔더랍니다.
앞으로 자주 올 테니 계속 사진을 찍어 달라고 하셨대요.

"그 손님 때문에 다시 마음을 바꿨어요."

이렇게 굳은 결심을 하셨다죠.

"죽을 때까지 사진을 찍어야지…."

아직 이루지 못한 꿈이 있으시대요.

"제 카메라로 누군가의 꿈을 찍고 싶습니다."

카메라는 아저씨의 운명의 상대, 평생의 동반자입니다.

FUJI
FUJIFILM

FDi
Station
DIGITAL PHOTO SHOP

한 일 사

증명여권촬영
증명, 여권촬영
FUJIFILM
DIGITAL
IMAGING

세번째 / 선구마을 이야기

선구마을 다이어리

항구도시 목포에는 아주 특별한 마을이 있습니다.

마을의 이름은 선구거리.
(船具 : 배에서 필요한 물건)

배에서 필요한 다양한 용품들을 파는 상가들이
옹기종기 모여 있는 선구거리는
항구도시 목포를 목포답게 만들어주는 곳입니다.

누군가는 무심코 지나치는 거리 곳곳에는
누군가의 소중한 기억과 어떤 이들의 위대한 이야기가 담겨 있습니다.
수십 년 동안 한자리에서 가게를 지키며
그물을 팔고 닻을 팔고 프로펠러를 파는
어른들의 모습을 100년 후에도 만나고 싶었습니다.

한 번도 주인공이었던 적이 없었던
선구거리의 어르신들을 주인공으로 만들어드리고 싶습니다.

영광 선구 상사

따뜻한 햇살을 꿈꾸며

영광선구상사

" 내 인생도 내가 만든 로프처럼 질기고 질기요."

40년째 한자리를 지키며 로프를 만드시는
영광선구 사장님이 저에게 한 이야기입니다.
질기고 오래된 목포의 이야기를 들어보실래요?

영광선구점 사장님은 청년시절에는 어부로 살았다고 합니다.
쉴 사이 없이 배를 타고 바다 위에서 살았다고 해요.
나이가 들면서 힘든 일을 하기 어려워졌다고 합니다.

그래도 배를 타던 시절을 잊을 수가 없었던 사장님은
배에 필요한 일을 하며 살겠다고 결심했습니다.

사장님의 고향은 여수인데
선구점을 하려고 고향을 떠나와 목포에서 살게 됐다고 해요.
아는 사람 하나없는 타향에서
남의 집살이부터 시작했다고 합니다.

오래도록 남의 집살이를 하며 눈치를 보느라
처음 5년은 매일매일 눈물로 하루하루를 지샜답니다.

영광 선구 상사

눈물로 5년을 보내고
목포의 선창가에 작은 가게를 하나 낼 수 있었습니다.
처음 선구점을 내면서 했던 고민 하나.

'남들하고 다른 물건을 팔아야지.
다른 가게에 없는 선구용품은 무엇이 있을까?'

남들하고 다른 물건을 팔아야겠다고 생각하며
다른 가게에서는 팔지 않는 초록색 로프를 취급하기로 했다고 해요.

23:05

05:15

품목을 정하고 본격적으로 가게 문을 열고
남들보다 더 늦게까지 일을 했으며
남들보다 더 일찍 일어나서 일을 시작했습니다.

다른 가게에는 없는 초록색 로프를 판지 40년이 지났습니다.

영광선구점에서는
어지간해서는 끊어지지 않는 질기고 질긴 로프를 팝니다.
남들보다 더 치열하게 살아온 40년의 세월이 고스란히 남아있는
로프를 보며 어떤 생각을 하시나 여쭤보니
웃으시며 말씀하십니다.

"아따~ 로프처럼 내 인생도 질기디 질기요."

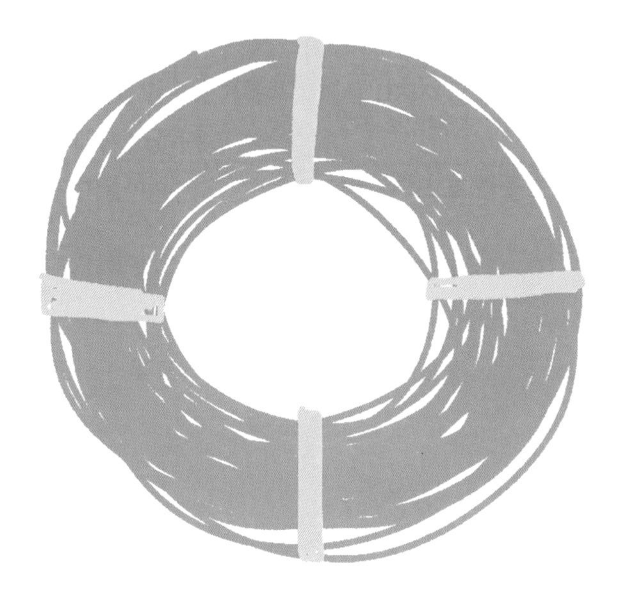

이성공업사

"닻과 꽃."

강한 눈매와 굳은 입매, 다들 그분을 무서운 분이라고 하셨어요.
저도 처음 만나 뵐 때 무서운 분이라고만 생각했습니다.

그러다가 보고 말았어요.
붉은 녹이 가득한 닻에 하얀 목장갑이 씌워져 있는 것을요.
게다가 공장 앞의 작은 정원에는 색색깔의 꽃이 핀 화분이 있었어요.

'꽃을 사랑하는 사람들 중에 무서운 사람이 없다는데….'

엄마가 하시던 말씀이 생각났어요.

이성 공업사

다들 무섭다고들 하는 이유가 혹시 사장님이 정말 무서워서일까.
아니면 투박한 닻이 무서워서일까. 생각해 보았습니다.
쇠를 다루고 닻을 만들며 살아온 지 벌써 60년이 됐다고 하세요.
그러는 동안 눈매는 더욱 강해지고, 입매는 더욱 굳어지신 것 같아요.

"쇠를 만지다 보니 쇠처럼 강하고 굳은 얼굴이 됐는갑소."

이성 공업사

공업사라는 공간은 선뜻 들어가 보기 어려운 곳이지요.
하지만 그 앞에 가면 다들 발견 할 수 있을 거예요.

쇳가루가 폴폴 날리는 공업사 한켠에 올망졸망 화분이
예쁜 꽃을 품고 있다는 것을 또 볼 수 있을 거예요.
뾰족한 닻마다 하얀 목장갑을 끼고 있다는 것도요.

"왜 닻에 장갑을 씌우셨어요?"

사장님은 무심한 듯 답을 하셨어요.

"사람들이 지나가다 닻에 베이면 어쩐대…."

강인한 쇠를 닮아 눈매는 매섭고 입매는 굳었지만
굳은 입술을 열고 나온 이야기는 따뜻합니다.

주의깊게 살펴보니 닻 마다 흰색 분필로 숫자가 쓰여 있었어요.

“이건 무슨 뜻인가요?”

궁금해서 여쭤보니 쇠가 얼마나 무거운지
무게를 하나 하나 써놓은 거라고 하시네요.
닻을 하나 만들고나면 닻에 숫자를 적으신대요.
그러면서 삶의 무게를 생각하신 답니다.

-000kg
닻의 무게가 쓰여진 숫자를 보면서 생각합니다.

‘우리가 지고 있는 인생의 무게는 도대체 얼마일까요?’

따뜻한 햇살을 꿈꾸며

한일수산

"따뜻한 햇살을 꿈꿉니다."

선구거리에는 얼음공장이 있습니다.
차가운 얼음을 만드는 공장에는 얼음을 녹이고도 남을 만큼
따뜻한 햇살을 열망하는 사람들이 있습니다.

6

日	月	火	水	木	金	土
						1
2	3	4	5	6	7	8
9	10	11	12	13	14	15
16	17	18	19	20	21	22
23/30	24	25	26	27	28	29

그곳에 가보니 두툼한 점퍼가 벽에 걸려 있었어요.

“여기서는 일 년 열두 달 내내 이걸 입어야 해요.”

이곳 얼음공장에서는 한여름에도 입김이 솔솔 새어 나옵니다.
바다에서 고기를 잡을 때 꼭 써야 할 물건이 바로 이 얼음입니다.
어선에서 물고기를 잡으면 바로 얼음을 채워 얼려야
생선이 상하지 않는다고 해요.
그러니 어부들에게 꼭 필요한 것이 바로 이 얼음이죠.

한일수산
한일수산

"이 공장을 만든 지 얼마나 됐어요?"

낡은 공장을 보며 물어보았어요.
그런데 사연을 들어보니 아주 흥미로웠어요.

100년 전에는 이곳에서 목화를 틀어서 솜을 만들던 솜 공장이었답니다.
따뜻한 솜을 만들던 공장은 100년이 지나
두꺼운 외투가 없으면 드나들기 어려운 얼음공장이 되었네요.
100년의 세월이 공장을 바꾸었습니다.

어떻게 얼음을 만드는지 한번 볼까요?

찬 얼음을 만드는데는 따뜻한 물이 필요하대요.
따뜻한 물을 받아서 48시간 동안 찬바람을 쐬면….
바위처럼 단단한 얼음이 만들어집니다.
이렇게 만든 얼음은 단단하고 무겁습니다.

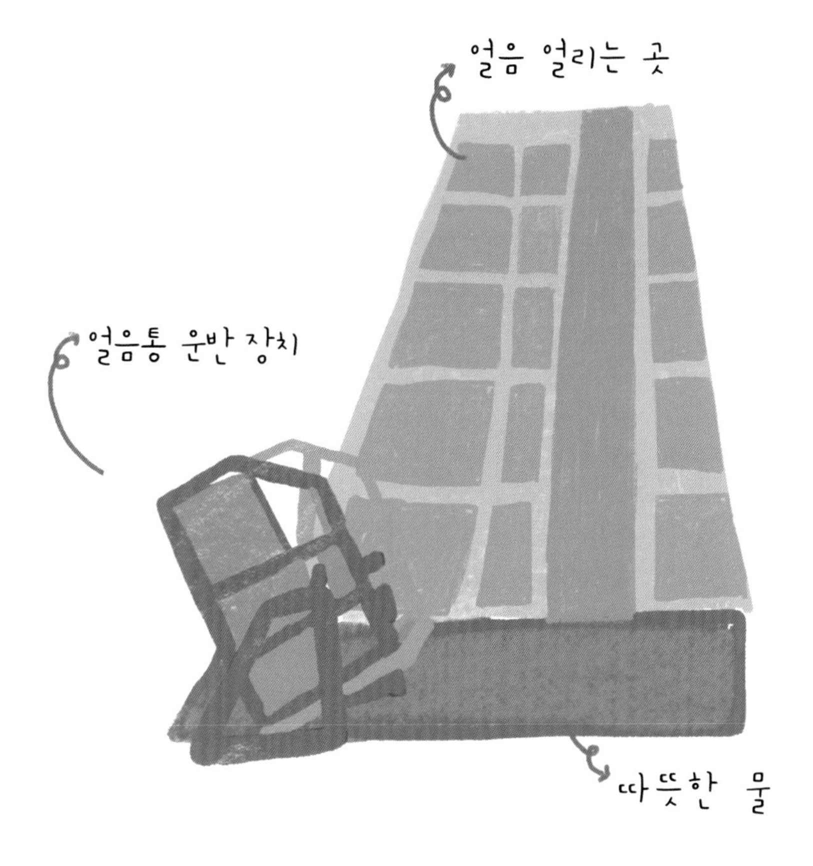
얼음 얼리는 곳
얼음통 운반 장치
따뜻한 물

얼음

말갛고 투명한 얼음을 가만히 들여다봅니다.
온기라고는 하나도 없는 차디찬 물건입니다.
하지만 이 얼음은 배에서는 없어서는 안 되는 존재.

물고기를 잡는 어부들에게는 생명처럼 귀한 것이 바로 이 얼음입니다.

만선의 꿈을 꾸는 어부들이 공장으로 옵니다.
얼음을 받아서 배에 실는 순간 만선의 꿈에 한발 더 다가갑니다.
그물에 걸려 올라온 물고기들은 얼음이불을 덮고 잠이 듭니다.

간얼음

얼음공장 사람들도 차가운 얼음을 만들며 꿈을 꿉니다.
얼음을 많이 팔아 따뜻한 내일을 꿈꿉니다.
이 얼음을 사가는 이들이 만선의 꿈을 이루고
그들의 주머니가 두둑해지기를 기원합니다.

선구거리의 얼음공장에서는 얼음과 함께 꿈이 만들어집니다.

평화선구

그물조립의 달인

평화선구

"우리 동네 달인."

선구거리에 가면 늘 그분을 만날 수 있습니다.
뜨개질을 하는 아주머니들처럼 그물을 짜고 있는 아저씨입니다.
손으로 그물을 만드는 선구거리의 달인입니다.

"하루에 얼마나 만드세요?"

하루 종일 앉아서 그물을 짜느라
한번 의자에 앉으면 쉽게 일어나지 않으신답니다.
남들은 모두 기계식 작업을 한다는데 손으로 짜는 느낌이 좋아서
아직까지도 직접 손으로 그물을 만드신다고 해요.

기계 그물이 지천인 세상에서
이분은 아직도 손 그물을 고집합니다.

뙤약볕도 아랑곳하지 않고 거리에 앉아서
그물을 만들고 계십니다.

평화선구 … 선구마을 이야기 **세번째**

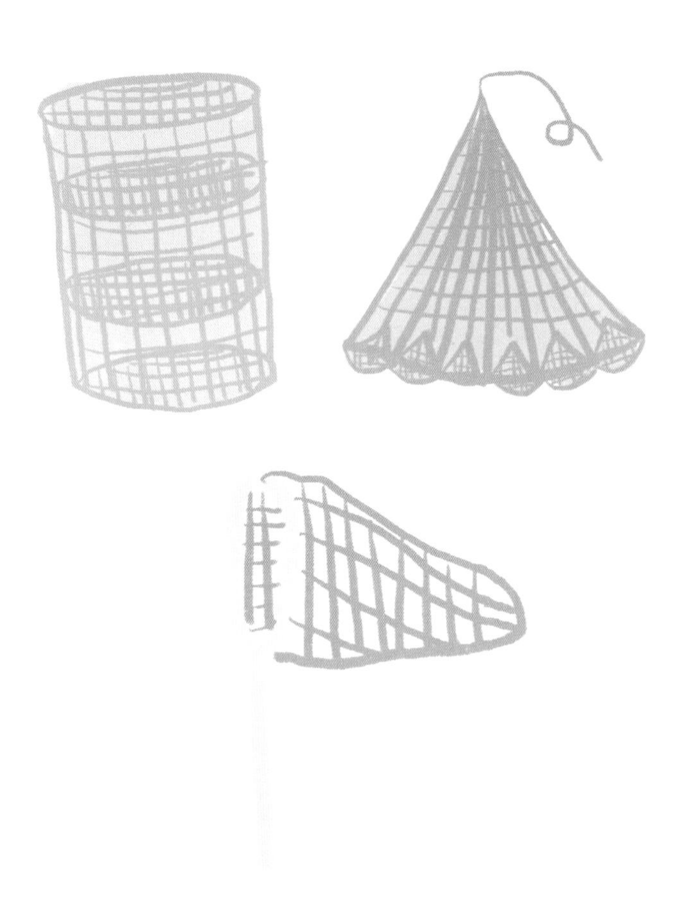

이 그물이 있어서 아이들도 키우고 밥도 먹었으니
삶을 지탱해준 고마운 존재가 어찌 사랑스럽지 않겠냐며 웃으십니다.

수십 년을 보았지만 그래도 여전히 그물이 사랑스럽다고 하시네요.

언능
물어봐
뭐 또
궁금한거
없어?

그래서 그물만 보면 미소가 절로 나온다고 해요.
거리에 앉아서 입가에 미소를 지으며 행복한 얼굴로
그물을 짜는 분을 만나면….

'드디어 선구거리의 달인을 만났구나.'

생각해주세요.

우의 / 장갑 / 장화 / 잡화일절

남성사

필요한 것은 무엇이든 다 있소

남성사

"사랑방 주인과 어머니."

가만히 지켜보니 선구마을에는 사랑방이 있습니다.
특별할 것 없는 작은 가게에 동네 사람들이 수시로 드나듭니다.
이 많은 분들이 이곳을 찾는 이유가 무엇인지 궁금하지않으세요?

우의 / 장갑 / 장화 / 잡화일절

남성사

선구거리에 오는 뱃사람들은 모두 이곳에 들른다고 합니다.
오랜 고기잡이를 마치고 육지에 발을 디딜 때도 이곳에 들르고
곧 배에 오를 준비를 할 때도 이곳에 들릅니다.

"우리 집엔 무엇이든 다 있소."

배에서 꼭 필요한 살림살이를 찾기도 하고
뱃사람들에게 필요한 무언가를 찾느라 이곳에 들릅니다.

이곳에 오면 필요한 것들이 모두 '다 있소'

특히 배에서 필요한 소소한 살림들을 마련하려면
꼭 이곳에 들러야 한다는 건
목포 앞바다의 뱃사람들은 누구나 아는 사실입니다.

그런데 어부아저씨들 뿐만 아니라
동네 사람들도 자주 이곳에 들릅니다.

규모는 작지만 이 작은 가게에는 무엇이든 있습니다.
육지에서 사는데 필요한 살림살이도 이곳에 모두 다 있습니다.
소소한 부엌살림과 집안살림에 필요한 도구들을 이곳에 와서 사갑니다.

그뿐 아닙니다.
지나가다가 목이 마른 할머니도
하루 종일 사람구경하기 쉽지 않아 말이 고팠던 동네 어르신도
선구거리의 사랑방을 찾아옵니다.

이곳에 오면 푸근한 주인이 기다리고 있다는 걸
알고 있는 것 같습니다.
목포 선창가의 작은 가게는 동네사람 모두의 사랑방입니다.

우의 / 장갑 / 장화 / 잡화일절

남성사

그래서 작은 가게의 더 작은 마루 위는
사랑방 주인의 인자한 미소로 가득합니다.

"필요한 물건 있다고? 잘 찾아 오셨네.
우리 집에는 모두 다 있소."

전남 프로펠러

"바다에 생명을 불어 넣는다."

배가 항해를 하려면 프로펠러가 꼭 필요합니다.

마치 사람의 심장처럼,
프로펠러가 멈추는 순간 배의 심장도 멈춰버립니다.

목포의 선구거리에는
프로펠러를 만들며 평생 살아온 사람이 있습니다..

바다에 생명을 불어 넣는다

사장님은 목포 앞바다의 배를 보면 모두 자식들 같다고 해요.
목포의 작은 항구 근처를 드나드는 배는
모두 사장님의 손으로 생명을 불어넣었기 때문이죠.

사장님이 직접 쇠를 깎아 프로펠러를 만듭니다.
배에 생명을 불어넣는 프로펠러.

그래서 스스로를 프로펠러의 아버지라고 하세요.

프로펠러를 만드는데 인생의 반 이상을 쏟아부었다는 사장님.

이미 수천 개의 프로펠러 아니 어쩌면 수만 개의 프로펠러를
만들었는지도 모르겠다고 하십니다.
셀 수 없이 많은 배들이 사장님의 손에서 태어났지요.

전남프로펠러

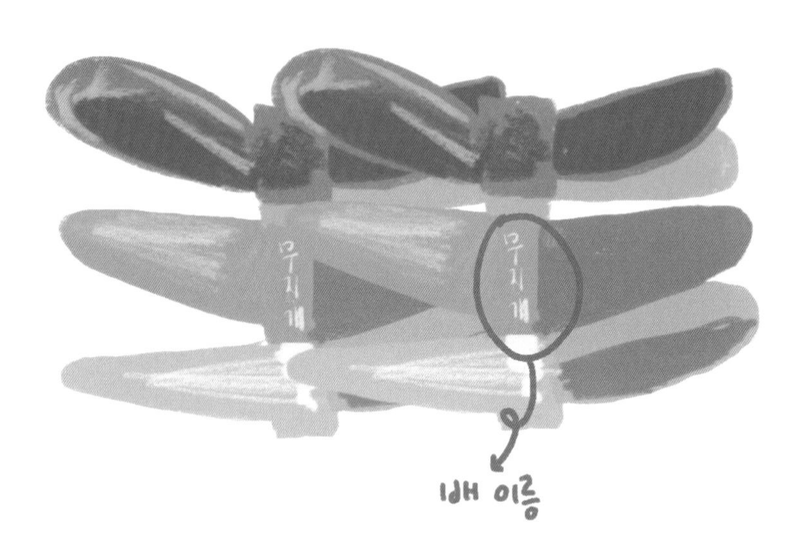
무지개
무지개
배 이름

"갓 태어난 프로펠러는 모두 쌍둥이여."

"…?"

무슨 말인가 여쭤보니 프로펠러는 모두 쌍둥이로 태어난다고 해요.
처음 만들 때부터 두 개를 만든다고 합니다.
혹시 프로펠러에 이상이 생기면 처음에 같이 만들어서 보관한
쌍둥이 프로펠러를 가져가서 고쳐주신답니다.

오늘도 무수한 쇳덩이를 갈아내며 생명을 만들고 있습니다.
정성껏 만든 프로펠러가 바다에 새로운 숨결을 불어넣습니다.

프로펠러 생산공장은 바다의 생명을 만들어 내는 곳입니다.

금화어상자

나무가 좋아서 나도 나무를 닮능가봐

금화어상자

"나무가 좋아서 나도 나무를 닮능가봐."

선구거리에는 70년이 넘도록 한 가지 일에만
매달린 할아버지가 살고 있습니다.
나무가 좋아서 나무를 만지는 일만 하고 살았다는 할아버지입니다.

금화어 상자

조각난 나무 조각이 쌓여서 산을 이룬 할아버지의 작업장.
이곳에는 늘 향긋한 나무 냄새가 가득합니다.

이곳은 할아버지의 일터입니다.
여기서 일한지 벌써 70년이 넘었다고 해요.
여기서 일을 하며 결혼도 했고, 이 일을 하며 자식들을 키웠다고 해요.

이곳은 어상자를 만드는 곳입니다.

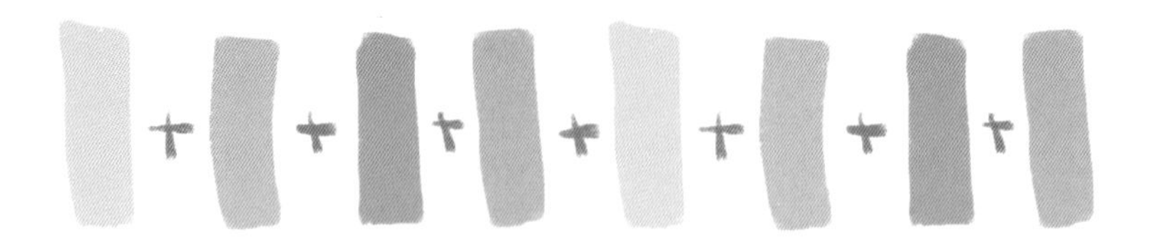

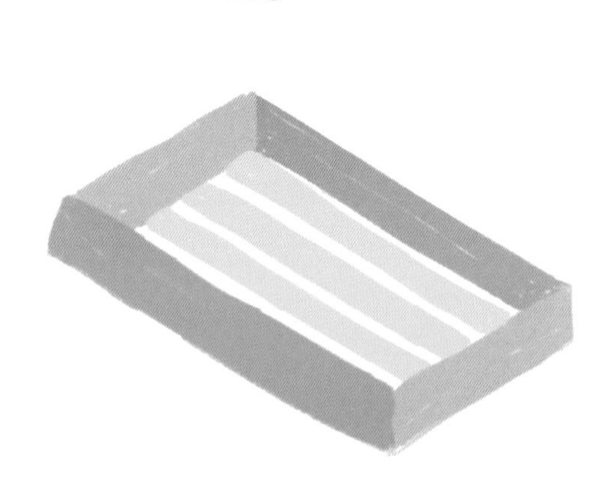

네모반듯하게 조각낸 나무조각들이 어상자의 재료입니다.
나무조각들을 하나씩 이어 붙이면, 네모반듯한 상자가 됩니다.
할아버지가 하루 종일 작업을 하면 이런 나무상자가 만들어집니다.

이 상자를 무엇에 쓰냐고요?

금화어상자

이것은 어부들의 땀을 담고 어부들의 꿈을 담는 나무상자.

고기 잡는 배에 꼭 필요한 나무상자는
말 그대로 물고기를 담는 상자입니다.

"나무 냄새를 맡느라 하루 종일 일을 해도 힘든 줄 몰라."

나무 냄새를 맡느라 수십 년을 하루같이 일만 했던
할아버지는 손으로 세월을 맞았습니다.
팽팽했던 손이 이제는 나무등걸처럼 거칠어졌습니다.

'나무가 좋아서 나무를 만지다가 나무 등걸이 된 할아버지의 손'

본인 손에서 태어난 나무 상자를 보며 할아버지는
오늘도 행복하다고 합니다.

추천사

포근한 이불 속에서 잠이 깼을 때의 그 따뜻하고 기분 좋은 느낌의 책. 보는 내내 입가에 미소가 맴돌고, 여백만큼이나 편안한 느낌의 책. 책 속에서 돌아가신 내 아버지를 만나고, 어린 시절 아버지와의 그리운 추억을 만나며 마음이 몽글몽글, 뭉클뭉클해졌습니다. 글 행간 사이 사이, 그림 사이사이에 박혀 있는 추억과 예쁜 마음들이 크고 작은 별이 되어 내 마음속을 반짝이네요. 코로나로 어려운 이 시기에, 집에만 있어 우울하고 불안하다는 이 시기에 청량한 옹달샘 같고, 따뜻한 난로 같은 이 책을 보며 많은 사람들이 행복했음 좋겠습니다.

- 드라마 작가. 서희정

Covid-19는 우리 삶의 많은 부분을 바꾸었습니다. 특히 바이러스로 인한 우울증과 스트레스인 코로나블루로 세상이 모두 우울해진 느낌입니다. 그나마 한가지 좋은 점이 있다면 사람관계의 소중함을 알게 해준 것인 듯 합니다. 책 속에 등장하는 40년 째 아버지의 밥을 먹고 있는 행복한 아들은 바로 저입니다. 아버지를 추억하고 싶어 작가의 인스타그램에 사연을 보냈고 오래도록 기억할 수 있는 추억을 선물 받았습니다. 제가 만나본 작가는 선한 눈망울에 순수한 마음을 가진 사람입니다. 작가가 보고 느낀 이야기를 작가의 심성 그대로 담아낸 책입니다. 따뜻한 글과 그림으로 코로나블루에 지친 분들에게 큰 선물이 되기를 바랍니다.

- 사진작가. 알렉스 김

누군가의 울음 섞인 시간들을 가만히 헤아려보는 일이 무겁게만 느껴지는 시대. 따뜻한 시선과 색채가 묻어나는 이야기들은 가족을 껴안듯 세상을 안습니다. 아빠의 수첩, 그리고 선구마을 할아버지의 어상자에 담긴 이야기들을 가만히 들여다 보니, 어쩌면 따뜻한 것은 우리의 시선이 아니라 그들, 그리고 그들이 살아온 시간인지도 모르겠습니다. 그들이 우리 시대의 슬픔을 짊어진 것인지도 모른다는 생각이 들어 어쩐지 빚진 마음이 듭니다만 한 장 한 장 그들의 이야기에 오래 머무르는 것으로 마음의 짐을 조금 덜어봅니다.

- SK텔링크 SV(사회적가치)추진담당. 장진호부장

모바일 하나면 모든 것이 해결되는 세상이지만 삶의 여운과 위로는 책만한 것이 없다는 사실을 잘 알고 있습니다. 한국뚱뚱과 함께 중국에서 플랫폼 비즈니스를 업으로 하고 있지만 내 삶의 답은 책을 통해 찾고 있습니다. 세상의 모든 사람들을 주인공으로 만들어주고 싶다고 말하는 작가의 글과 그림이 내 삶을 돌아보게 하며 작은 미소를 선물해주었습니다. 많은 분들이 저와 같은 마음을 갖게 되기를 희망합니다.

- 브랜드 건축가. 김정민

여러분의 별똥별을 찾으시길 바랍니다.

별똥별이 내게 온다면 ⓒ조은별2020

2020년 12월 24일 초판 1쇄 발행

글·그림 조은별
출판기획 아트프레임스토리
편집 이선영
디자인 윤혜령
마케팅 진소율, 박형준

발행처 핏북
발행인 정성원
출판등록 2015년 1월 27일 제2015-000021호
주소 서울특별시 용산구 한강대로54길 24, B01호
전화 070-7856-0100 **팩스** 0504-096-0078
전자우편 fitbookcom@naver.com, artframestory@artframestory.com

ISBN 979-11-955629-6-1 **CIP** 202005312

❖ 책값은 뒤표지에 있습니다
❖ 잘못된 책은 구입하신 서점에서 바꾸어 드립니다.